LE LIVRE DES JOURS

DU MÊME AUTEUR

NOUVELLES

L'Entreciel, L'Harmattan, 2010

ROMAN

(à paraître)

Les carnets de Jean Denis, 2012

Marie Gerlaud

Le livre des jours
RÉCIT

DESSINS DE PATRICE LEBRETON

© Marie Gerlaud, 2012
marie.gerlaud@hotmail.fr

Édition : Books on Demand,
12/14 rond-point des Champs Elysées, 75008 Paris, France.

à Cristina Castello, sa poésie, ses combats

Le texte et les dessins sont autonomes. Ils ont été rapprochés par Marie Gerlaud pour cet ouvrage. Leur sujet est le même : la détresse individuelle et collective de l'exode, de l'exil.

P. L.

Dessins au fusain et pastel sur Canson (30X30cm)

Si demain tu devais partir, quitter ta maison, fuir,
Qu'est-ce que tu emporterais ?

Il y avait eu un premier jour, une première nuit.
Etait venu le second jour, la seconde nuit.
Etait encore venu un troisième, un quatrième jour...

Des jours et des nuits. Les compter : le cinquième jour, la cinquième nuit...
Instinctivement, dès le premier, compter les jours, dès la première, compter les nuits.

Un jour, ce fut le sixième jour. Puis vint le sixième-sixième jour, la sixième-sixième nuit.

Compter les jours, les nuits. Surtout, ne pas perdre le fil du temps !
Et autant de nuits, et autant de jours. Les dénombrer. Instinctivement,

Parce qu'il le fallait

Elle l'avait fait,

Parce qu'il le fallait ...

Aujourd'hui, durant les nuits (et même durant les heures du jour), Helena s'assoit sur le bord du lit ; elle s'y assoit sans pouvoir clore les yeux, paupières grandes ouvertes.

Trop de choses vécues au long des jours, au long des nuits

Par la fenêtre des paupières ouvertes : d'arbres abattus, il ne reste que des souches. Helena est assise sur l'une d'entre elles. Quelque part, l'arbre abattu se tord dans un poêle. Helena pense à la chaleur qu'il diffuse, ses joues se colorent légèrement.

Quelque part, il y a de la chaleur

Dans la chambre, les joues sont brûlantes de fièvre.

Assise sur le lit.
Lit ? Souche ? Pierre ? Talus ?
Les pieds ne touchant pas le sol.
Le pied droit, le pied gauche.

Avalant des kilomètres qu'aucune carte ne figure, mécaniquement, les pieds balancent dans le vide, tandis qu'Helena égrène des nombres en les faisant rouler comme goutte d'eau sur les lèvres. Mécaniquement, le dénombrement se poursuit : la millième nuit. Mille et une.

Il est arrivé ce qui jamais ne devrait arriver

C'était ce qu'un jour Helena avait gémi ; une unique phrase destinée à ensevelir par le silence ce qui ce jour-là s'était produit, qui jamais ne devrait se produire.

Un autre jour, le jour lui avait arraché un gémissement identique accompagné de l'identique pensée

Il est arrivé ce qui ne devrait jamais arriver

Parce qu'un nouveau malheur avait eu lieu durant le jour ; un malheur différent de celui du premier jour, mais qu'il fallait, tout comme l'autre, ensevelir sous le silence. Alors pour la seconde fois elle avait gémi

Il est arrivé ce qui ne devrait jamais arriver

C'était pour la deuxième fois une même lamentation. Il y eut une troisième fois, une quatrième… Mille et une…

Il est arrivé ce qui ne devrait jamais arriver

Helena avait dû trouver le courage de poursuivre, droit devant !

Parce que c'est comme ça…

Une force en elle, dans laquelle elle n'avait pas eu la nécessité de puiser auparavant, lui dicte

Je dois continuer d'avancer, au moins jusqu'à demain

Mécaniquement, le pied droit lancé en avant. Mécaniquement, le pied gauche.

Elle avait marché en comptant ses pas, marché au côté d'une ombre blanche. Et cette ombre était celle d'elle-même s'efforçant à l'invisibilité.

L'ombre de la charrette faisait une bosse dans le dos de l'ombre blanche, parfois Helena se demandait ce qu'était cette bosse lui ayant poussé dans le dos ; les grincements des roues le lui rappelaient : la charrette !

Elle ne reconnaissait rien autour d'elle, toute la géographie avait été bouleversée. Des villages désertés, des maisons pillées, incendiées, et les arbres abattus. Cela pendant plusieurs jours où elle avait marché le plus vite possible. Après, elle s'était éloignée des routes, des villages. Le pied droit, le pied gauche se lançaient en avant. L'un après l'autre, vaillamment.

Son corps était une minuscule planète errante qui avait été tout aussi saccagée que la terre alentour. D'une épaule à l'autre, c'était effondrement de chaque parcelle de chair, muscles et nerfs. Lorsqu'elle tendait le bras, à son extrémité, elle apercevait la main, qui lui semblait lointaine, lointaine. Cette main, avant, lui avait appartenu d'une façon naturelle sans qu'elle se posât aucune question à son sujet, aujourd'hui, elle lui était étrangère, une inconnue effrayante qu'elle aurait voulu voir absorbée par la brume.

La brume avec, au-delà, cols et vallons.

Les doigts en remuant écrivaient des signes incompréhensibles en bout de bras ; une gesticulation d'os dans laquelle il lui semblait voir s'entrechoquer des consonnes, des voyelles, des consonnes.
Peut-être, tout simplement, sans rien chercher à lui dire, les doigts tentaient-ils de lutter contre l'engourdissement en évitant

l'immobilité ? Helena ne comprenait pas ; la langue que parlait son corps n'était plus la sienne.

Dans la bouche, il y avait maintenant une grille. Helena l'avait découverte lorsque sa pensée était venue buter sur elle ; les dents claquaient contre les barreaux de métal désormais. Les mots étaient devenus insaisissables pour Helena. Aussi bien ceux qu'elle entendait, quand il lui arrivait d'être assez près des gens pour percevoir qu'ils parlaient, que les siens parce qu'ils étaient arrêtés par la grille dans la bouche, la pensée ne parvenant pas à leur faire franchir la barrière des lèvres. Consonnes, voyelles, consonnes s'entrechoquaient dans la gorge serrée.

Si demain tu devais partir, fuir ta maison, qu'est-ce que tu empor-terais ?

Le sixième jour, la sixième nuit, le sixième jour pour la sixième fois, et autant de nuits…

En franchissant la passe étroite de la gorge, l'égrènement mécanique du nombre des jours maintenait une ouverture entre l'extérieur et les poumons. Instinctivement, c'était aussi une seconde raison pour laquelle elle tenait leur compte avec une précision méticuleuse ; le sang, les muscles, les os avaient besoin d'être nourris : ils avaient besoin d'oxygène.

Or, durant ces jours et ces nuits, s'il n'avait tenu qu'au sentiment qu'Helena avait désormais d'elle, elle aurait laissé s'asphyxier le corps et l'aurait abandonné sur le bord d'un talus. Alors, parce que pour l'instant il fallait avancer, la grille dans la bouche entravait les pensées de nature à décourager la marche ; bloquées par les barreaux avant le passage des lèvres, elles étaient renvoyées au silence des limbes, et les pieds lancés en avant les foulaient.

Le pied droit, le pied gauche, l'un après l'autre, avec une régularité d'appareil. Helena avançait sur une chaussée blanchie par la cendre. Aux cendres des villages incendiés transportées en nuages par le vent se mêlaient celles déposées en trainée par les fantômes des pensées murées en elle, et sur la chaussée vierge, ses pas étaient de neige.

Seuls s'entendaient les grincements de ferraille de la charrette. Les roues tournaient sur elles-mêmes en émettant des cliquetis. Ils étaient la voix de la charrette.

Et la voix disait

Toute liste est faite d'un commencement et d'une fin ; il en sera de même pour celle des jours et des nuits… sixième-sixième jour, mille, mille et une nuits

La charrette de bois et de fer, inanimée, avait plus de résistance qu'Helena d'os et de chair, et d'esprit. Aussi, les os, les muscles d'Helena puisaient leur énergie à la matière de la charrette ; les mains s'agrippaient aux brancards, les pieds se lançaient en avant. L'un après l'autre, le pied droit puis le pied gauche, les pieds effaçaient le jour, ils effaçaient la nuit. Les jours succédant aux nuits succédant aux jours. Et après ? Le questionnement sur ce qu'il se passerait après, c'est-à-dire sur ce qu'il se passerait demain, ne franchissait pas la grille : les mains, les pieds, les os étaient dans l'instant. Et à cet instant, il fallait avancer. L'avenir n'était que l'instant présent.

Le sixième jour. La sixième nuit. Le sixième jour pour la sixième fois. La sixième nuit pour la sixième fois… Mille. Mille et une.

Assise sur le lit, dans la nuit cadencée par le balancement des pieds dans le vide, Helena a les paupières ouvertes.

Par la fenêtre des paupières ouvertes : une ombre blanche avance sur une chaussée blanche, mains serrées aux brancards, corps courbé à l'attelage.

Si seulement les yeux pouvaient se fermer !

La charrette, la rugosité du bois, avec ses éclats, avec ses nœuds. Les barres de métal nécessiteraient d'être poncées, repeintes. Une vieille charrette qui avait connu les champs, les boues d'hiver, les mains du grand-père, celles également de l'arrière-grand-père, et probablement celles d'aïeux bien antérieurs. Quand la charrette avait été remisée, les poules prirent l'habitude de s'installer dessus pour lancer leur chant après la ponte. Avec ses brancards pointés vers le ciel et la basse-cour perchée sur les ridelles, avec l'auréole neigeuse que dans un rai de lumière formaient en voletant autour d'elle brins de paille et duvet d'oisillons, piaillant dans les nids d'hirondelles abrités sous la tôle ondulée du toit du hangar, la charrette avait les allures d'un étrange équipage tout prêt à partir rejoindre les anges. Helena, enfant, ignorait que, quelques années plus tard, ses mains à la suite de celles de ses ancêtres empoigneraient les brancards de la charrette, elle ignorait que le ciel serait l'enfer.

Si seulement les yeux pouvaient se fermer !

Par la fenêtre des paupières ouvertes : sur la chaussée blanche, dévêtue de sa peau, l'ombre passe. Elle a nourri les chiens avec ses muscles et leur a abandonné ses os. Ainsi, l'ombre n'est plus identifiable, ce pourrait être celle de n'importe qui. Quant à la charrette, elle avait perdu son chargement au fil des jours, au fil des nuits, elle ne permettait pas non plus de rien apprendre sur l'ombre sur le dos de laquelle elle s'était greffée.

Si demain tu devais quitter ta maison, fuir, qu'est-ce que tu emporterais ?

Helena hésite à s'étendre, préférant s'asseoir sur le bord du lit.

Lit ? Souche ?
Pierre ? Talus ?

Les pieds, l'un après l'autre, balancent dans le vide. Leur rythme est régulier. Il arrive qu'ils franchissent l'épaisse blancheur de l'invisibilité faisant exploser des éclats de réminiscences.

Le sixième jour…

À la lumière de ces éclats surgissent des images du Livre des Jours. Un frisson électrise Helena de la tête jusqu'aux pieds. Le long de cette onde, consonnes et voyelles tentent de s'organiser pour former une chaîne de mots ; un balbutiement qui vient se disloquer contre les dents. Malgré la grille, certaines images, roulées comme des galets, sont catapultées au-delà des barreaux, elles traversent l'espace de la chambre et, assise sur le lit, Helena a le corps brûlant.

Lit ?
Souche ? Pierre ? Talus ?

L'ombre blanche en longs cernes s'étire sous la fenêtre des paupières ouvertes, elle redessine obsessionnellement la chaussée cendreuse sur laquelle les pieds en se balançant dans le vide ne peuvent cesser de cheminer. Sous la respiration d'Helena, la chaussée, par le volettement des cendres, se fait mouvante. Dans la bouche, la grille vibre au passage du sourd halètement venu de la poitrine oppressée.

Helena, enfant, imaginait que se dissimulaient des châteaux mystérieux derrière les grilles, des princesses, des fêtes, des univers protégés des regards, à l'abri derrière leurs enceintes. C'était avec ce genre d'histoires qu'elle avait appris à lire ; les consonnes, les voyelles ; une consonne accolée à une voyelle donne BA, ou bien MA ; en répétant deux fois MA, on obtient MAMA…

Quand l'enfant vivait encore… ne savait pas dire MAMA… trop petit…

Mais les consonnes et les voyelles du Livre des Jours ne sont pas celles apprises autrefois par Helena !

Elle se souvient de leur apprentissage : une à une avec beaucoup de fierté lors de chaque nouvelle acquisition.
Tandis que celles du Livre sont des signes, des marques, des traces, des coups, des cicatrices, des blessures, des meurtrissures, des choses qui jamais ne devraient se produire. Ces lettres sont intraduisibles dans la première langue d'Helena, elles appartiennent à l'ombre bossue ! Des lettres et des symboles pesants comme une pierre en elle au point qu'elle a souvent du

mal à faire autre chose que de s'asseoir sur le lit avec les pieds se balançant dans le vide.

Ce fut dès le premier jour, dès la première nuit, que ce nouvel alphabet commença à se substituer à l'ancien.

Helena apercevait parfois des pancartes portant le nom de villages, de petites villes ; dans les premiers jours, les noms lui étaient encore familiers ; en les lisant, il lui revenait à l'esprit des visages de parents, des histoires de mariages ; elle revoyait également les visages de certains garçons dont elle savait qu'ils étaient de familles aujourd'hui dans l'autre camp, et elle repensait à des personnes parties loin du pays depuis plusieurs années déjà.
Sachant qu'elle ne trouverait plus rien dans les rues de ces villages, de ces petites villes, et qu'elle n'y avait plus aucun ami, instinctivement elle bifurquait, déviait sa route.

Lancer le pied droit en avant, puis le pied gauche. Compter les jours, avancer, avancer au moins jusqu'à demain.

Elle ne donnait pas de sens au mot « demain », il n'était que deux syllabes accolées, un reste moribond de sa langue maternelle ; comme il lui restait les nombres pour compter les jours, les nuits.

Les pieds lancés en avant, les mains agrippées aux brancards. Son corps lui dictait de se garder des mots d'autrefois : il fallait éteindre les pensées couvant sous leurs braises, toutes pensées pouvant contrarier l'élan de la marche. Pied droit lancé en avant, pied gauche, mains accrochées aux brancards, échine courbée à l'attelage, cela seul était l'instant présent. Marcher. Coûte que coûte, marcher. Il le fallait. Or, les pensées, si jamais elles se muaient en phrases, risqueraient de prendre le dessus sur la volonté du corps de poursuivre ses efforts. Helena se laissera alors mourir sur le bord d'un talus : le corps le savait, Helena le savait.

Le jour arriva où elle ne comprit plus les noms sur les pancartes. Si elle essayait de les lire, ce n'était qu'un assemblage de consonnes et de voyelles et de consonnes que sa voix n'avait pas appris à prononcer. De ce jour, son silence intérieur fut dissimulé par un autre silence que l'ignorance d'une langue pour elle étrangère pouvait faire paraître naturel.

Le bruit monotone des roues, leurs grincements métalliques.

Un bruit qui jamais ne se rapprochait ni s'éloignait. Dans le dos de l'ombre, il la suivait, et l'ombre ne cherchait pas à modifier le rythme de sa marche, ce qui aurait entraîné soit la précipitation du rythme des grincements soit, au contraire, son étirement.

Ni sur l'avant ni sur l'arrière ; ça roulait, seulement cela. L'un après l'autre, les jours. L'une après l'autre, les nuits. Le pied droit, le pied gauche, silencieux sur la chaussée blanche, et les miaulements des roues.

Parfois, les phrases répétitives des grincements métalliques étaient ponctuées par un bruit : la charrette perdait de son chargement. Helena qui marchait aux côtés de l'ombre, son regard projeté à quelques pas à peine en avant d'elle sur la chaussée de cendres, ne se retournait pas.

N'avait-elle aucun souci de ce qu'elle venait de perdre ?

Il est vrai qu'à l'instant du départ, comme tout le monde, Helena n'avait qu'une idée de ce qu'était l'épreuve d'être jeté sur les routes. Or les idées… ! Le jour. La nuit. Le sixième jour pour la sixième fois, et autant de nuits, ainsi de suite le long d'une liste de jours, de nuits… Mille, mille et une. Aussi quand elle se décida finalement pour la fuite en pensant protéger la vie de l'enfant, elle avait trié, hésitante, ce qui dans ces instants lui parut indispensable…

Si demain tu devais partir, fuir ta maison, qu'est-ce que tu emporterais ?

En cheminant aux côtés de l'ombre, après ces jours où elle avait tellement perdu, plus rien ne semblait pouvoir alourdir la perte, et ce n'était pas de conserver ou de perdre les quelques objets qui étaient encore dans la charrette qui lui ramènerait ce qui jamais ne pourra lui être rendu. Aujourd'hui, sa demeure était son corps ; mais ce corps était une demeure où elle ne voulait plus résider, où elle ne voulait plus dormir ; elle ne le pouvait plus !

Trop de saletés, trop de saletés…

Pieds pendants se balançant dans le vide.
Le pied droit, le pied gauche.
Le jour, la nuit. Mille et une nuits.
Autant de nuits, autant de jours.

Par la fenêtre des paupières ouvertes, le bruit monotone des grincements des roues de la charrette ne s'essouffle jamais.

Mains serrées aux brancards, corps courbé à l'attelage…

Un jour, durant le jour elle décida qu'elle se rapprocherait d'un village pour la nuit. Quelque part, un poêle. Elle pense à la chaleur qu'il diffuse, se réchauffant à cette pensée ses joues se colorent. Sur la chaussée de cendres, ses joues légèrement rosées, l'ombre blanche. Dès lors, chaque soir, la charrette s'immobilisa sur la place d'un village étranger. Étrangère.
Embrasser sur la bouche chacun des grands cadavres qui parcourent, à rebours d'elle, chacun pour son compte, une chaussée pavée d'os.

La sixième fois la sixième nuit au jour le jour.

Le sixième jour pour la sixième fois, quand l'enfant vivait encore...

L'alphabet du Livre des Jours remue entre les pages ; il tente de se couler dans le souffle de la poitrine oppressée. Consonnes, voyelles, consonnes s'amassent derrière la grille, feuilles mortes au lendemain des grandes tempêtes d'automne. La grille en les maintenant intérieures leur interdit de se constituer en un assemblage cohérent de paroles, aussi elles se décomposent en Helena en répandant en elle des humeurs morbides. Helena reste assise sur le bord du lit.

Lourd de paroles informulables, le corps ne parvient plus à se mouvoir ; lui qui a parcouru tellement de kilomètres ! Le pied droit, le pied gauche, en avant vaillamment, les mains agrippées aux brancards, échine courbée à l'attelage.

Les pieds pendants dans le vide, Helena avec ses paupières qu'elle refuse de laisser se clore ne trouve pas à quoi se raccrocher pour lentement revenir dans la trajectoire de la lumière, elle demeure encore l'ombre blanche bossue de la charrette brinquebalante. Elle passe les journées dans la chambre dans laquelle le sort l'a finalement déposée, n'osant en sortir ; elle n'ose même pas s'allonger et dormir, n'ayant plus la force pour quoi que ce soit. Principalement, elle n'a plus la force nécessaire pour vouloir imaginer son cœur s'apaisant et son corps en repos.

Elle avait marché dans la seule intention de fuir devant la guerre, sans jamais envisager le terme de cette marche, et, surtout, elle n'avait pas une seule fois songé qu'au lieu où elle arriverait pour elle une nouvelle vie aurait à naître.

Ayant perdu tout ce qui lui était cher, l'idée qu'un jour viendra où elle pourra entreprendre la construction d'une vie nouvelle est insoutenable, comme lui est insoutenable l'idée qu'elle pourrait désormais s'accepter après ce qui a eu lieu, qui jamais ne devrait avoir lieu.

La main s'agitant au bout du bras, et le pied qui, pendu à la cheville, se balance dans le vide, veulent-ils par leur mouvement exprimer quelque chose ? Helena est devenue sourde à elle-même.

Dans la chambre, son front est fiévreux. Elle souffre des brûlures entretenues vives en elle au fond des entailles qu'elles ont creusées jusqu'à atteindre les os, déposant leurs secrets au cœur profond de sa langue maternelle : en chaque consonne, en chaque voyelle.

Helena tend devant elle le bras droit dans un geste dont la raison lui échappe. Dans cette chambre dans laquelle elle ne parvient pas à se décider à s'allonger, des barreaux l'encagent étroitement. Ils sont aussi rigides que ceux de la grille et sont faits de la même immatérielle matière interdisant de les empoigner à pleine main jusqu'à ce qu'ils se brisent ; faute de les voir, il reste à les chercher à tâtons. N'est-ce pas la tentative désespérée du bras se tendant sans qu'il semble à Helena lui en avoir donné l'ordre ?

Dans ces conditions, l'harmonie entre le corps et l'esprit est impossible, une main de fer maintient Helena assise sur le lit quand le corps aspirerait tellement au repos.

La nuit. Le jour. Les pieds pendants. D'un côté le mur, de l'autre le vide. Tomber dans le mur, se cogner au vide. Tendre l'autre bras, constater que c'est possible, se refermer.

Le bruit de la rue, la marée humaine.
Au bout du bras, la main tremble.

La main. La façon qu'a Helena de ne pas l'accepter : déjà par le regard, son refus d'elle, des doigts et de ce qu'ils savent, qu'elle ne veut pas savoir, est patent. Pour Helena, la distance est devenue infranchissable entre elle-même et elle-même, ce sont des kilomètres démesurés d'une main à l'autre. Affaissement d'une épaule : creux de ravin. Ascension du cou : des images dévalent du cerveau et roulent pêle-mêle pour s'engloutir au fond du puits de l'estomac. D'une main à l'autre : il y a un abîme entre les deux. Dans la gesticulation des os des doigts, impatients de se libérer d'elles, des phrases en bataille fourmillent. Stupéfaites par leur propre violence, elles s'évanouissent dans le silence dicté par le feu que leur jettent les pupilles dilatées par l'effroi. Contre la grille, claquement des dents. Des phrases qu'il faudrait saisir et regarder dans les yeux. Les mâcher. Les déglutir. À la lisière du dire, l'horizon est cousu de barbelés.

Et toujours les pieds pendants au bord du lit.

D'un côté le mur, de l'autre le vide.
Le bruit des roues, leurs grincements métalliques.

Autrefois, il était possible de s'arrêter, de continuer. Il était possible de choisir, décider. Décider des pieds qui pendraient ou non au bord du lit. Choisir de se tourner, retourner. Bras qui s'ouvre, se tend, se replie. Faire de même avec le second pour s'assurer de la présence du corps chaud de l'homme endormi sur le dos. Écouter la respiration paisible de l'enfant venant de la pièce voisine dont la porte est gardée entrouverte.

Le grincement des roues.

Par la fenêtre ouverte des paupières : des silhouettes en convois ; leurs valises, leurs ballots, leurs charrettes font des monstres de chacune des ombres. Raccrochées les unes aux autres : constitutions de wagons. Par trains entiers. L'imperceptible déplacement de leurs ombres s'ébranlant vers des lieux obscurs. Des silhouettes surgies d'une époque antérieure qu'Helena n'a pas connue. Mais les ombres se confondent les unes les autres puisque mises nues et habillées de leurs seuls os, il n'y a plus rien pour les distinguer individuellement ; seule reste la connaissance qu'elles furent puis ne furent plus, par décrets.

Pieds pendants au bord du lit. D'un côté le ciel, de l'autre l'enfer.
Le travail serait de s'ancrer à nouveau. S'ancrer quelque part.
Une chambre. Sixième étage.

Une enjambée par dessus la balustrade du balcon, ce sera la chute. Elle en avait déjà tant fait d'enjambées, le jour, la nuit… mille enjambées, mille et une, une de plus ne serait rien !

Du lit sur lequel elle est assise, ses pieds battant l'air, Helena contemple l'étendue du ciel vide devant elle. Pas un nuage, pas un rai de lune, ni d'étoiles. Un vide sidérant, décourageant. La force d'inertie la retenant assise est la plus forte, elle l'emporte sur l'appel du vide invitant Helena à s'y jeter. Aussi, elle ne bouge pas.

Lui arrachant de faibles gémissements, consonnes et voyelles mènent la lutte pour s'extraire de la prison dans laquelle, mutique, Helena les assigne derrière la grille dans la bouche. Sa volonté de les réduire au silence ne lâche rien, Helena a appris l'obstination en route, elle a développé une force de résistance inouïe, y compris contre elle-même. Elle n'est plus qu'une ombre la femme qui au premier jour du Livre, empoignant les brancards d'une charrette remisée, a mis ses mains dans les marques imprimées par ses aïeux ; elle s'est consumée aux cendres de la chaussée ! Aujourd'hui, les mots de sa langue sont des braises toujours vives. Il n'est pas conciliable en Helena, qu'ils soient ce qui la dévore et dans le même temps ce qui la rattacherait à elle-même par le lien d'une pensée formulée.

Une douleur qu'elle apprivoiserait ainsi par la parole : *Non !*

Dans ces instants, il n'est pas nécessaire pour Helena d'enjamber la rambarde du balcon : son corps vit déjà, en chacune de ses fibres, cette descente en chute libre. Jusqu'au vertige. Au point limite avant l'évanouissement.

Helena voit tomber Helena, elle n'en pense rien, sinon que ce n'est pas un malheur supérieur à ceux connus au fil des pages du Livre, quand nulle ne devrait les connaître, jamais.

Par la fenêtre des paupières ouvertes : un fracas soudain fait sursauter Helena et dérange la mécanique de la marche ; quelque chose sera tombé de la charrette…

Une demi-seconde, le mouvement du pied droit reste suspendu avant de reprendre son cours normal. Le pied droit, le pied gauche. Les pieds ne sont pas concernés par le chargement de la charrette : eux, leur unique affaire est celle d'avancer, vaillamment. Avancer le plus rapidement possible.

Le retentissement provoqué par la chute de l'objet se trouve guidé entre deux murs de roche. Ces murs ménagent une passe si étroite qu'il est difficile d'éviter à la charrette de heurter l'une ou l'autre des parois. Voilà pourquoi, malgré les soins qu'Helena apporte à l'arrimage de son chargement, un objet est tombé. La propagation de l'écho le long du couloir de pierrailles multiplie pour Helena les risques de faire découvrir sa présence.

Ses papiers sont-ils en règle ?

Oui ?
Non ?
Comment savoir ?

Faut-il se taire ?
Tenter de s'expliquer ?
Expliquer quoi ?
Comment savoir ?

Faut-il tenter de vivre ?
Faut-il se laisser mourir ?
Comment savoir ?

Maintenant, par la fenêtre des paupières ouvertes, Helena se trouve sur une place qui lui semble immense. Mais, peut-être n'est-elle pas si vaste que ce qu'elle apparaît à Helena, ce n'est peut-être que la placette d'un minuscule village reculé ; la fatigue en démultiplie l'espace. À cette heure où le silence est déjà installé sur le village, lorsque la charrette est arrivée, les grincements des roues ont paru à Helena un véritable vacarme.

Peur.

Fermer les yeux, la marée du temps va remonter, tout recouvrir. Attendre. Simplement. Attendre vite comme on dirait fuir. Fuir vite. Où ?

Des volets s'entrebâillent, certains se cadenassent discrètement, d'autres claquent sur Helena en se refermant aussi hargneusement que les mâchoires d'un chien furieux.

Il suffirait de saisir l'un après l'autre les objets restant encore dans la charrette, et de s'en servir de projectiles… Sur quoi les lancerait-elle ? Sur qui diriger sa colère ? Il n'y a personne.

Il y avait eu la première foulée avec le lancement en avant du pied droit. La première lettre du Livre : l'empreinte du pied droit. Une empreinte orientée dans le sens du départ et gravée pour toujours devant la porte, l'alpha. Puis le pied gauche à son tour, et ainsi de suite. Dans une cadence s'appliquant au maximum de régularité, Helena déroulait ses foulées au long des jours, des nuits, au fil de ce qui se produisait en route, un nouveau malheur succédant toujours au précédent.

Et chaque nouveau malheur accompagné de l'unique plainte
Il s'est produit aujourd'hui ce qui jamais ne devrait se produire

Jetée dans la pleine absurdité de ces jours, de ces nuits, Helena finit par ne plus comprendre de quels faits d'Histoire elle était le jouet. Ombre blanche sur la chaussée cendreuse, son corps atteignait progressivement à la transparence tant elle s'appliquait à le faire disparaitre.

Se baisser très lentement. Ramasser l'objet tombé. Le remettre à sa place dans la charrette.
Elle pourrait décider de l'abandonner de la même manière, mais pour finir une légèreté extrême la mettrait à la merci du moindre souffle. Cela, d'instinct elle le sait. Elle conserve ce qui est encore dans la charrette non pas pour ce que sont les objets, mais pour leur poids ; ces quelques kilogrammes la retiennent à la terre. Ils la retiennent d'autant que lorsqu'elle pose les yeux sur les deux ou trois restes de sa vie antérieure, par une sorte d'automatisme échappant à la conscience d'Helena, leur présence dans la charrette entretient le courage qui la pousse à marcher sans faillir.

Marcher au moins jusqu'à demain

De même qu'autrefois elle accomplissait d'un jour sur l'autre ses tâches, sans doute par un réflexe similaire, aujourd'hui de posséder encore les quelques objets qui constituent le chargement de la charrette, cela la pousse à s'imposer de compter jour après jour les jours, d'en tenir leur liste précise.

Le Livre composé des jours consignés l'un après l'autre aura un terme puisque tous les livres ont une dernière page, même les plus affreux !

Pour Helena, c'est là tout ce qui lui importe ; dans ces instants, elle n'a aucune curiosité de connaître ce que sera cette fin, elle ne la conçoit même pas. D'ailleurs comment la concevrait-elle puisqu'elle n'est plus qu'exclusivement une ombre blanche cheminant sur la chaussée, chaussée elle-même blanche, d'une blancheur se confondant à la blancheur d'Helena ; son être entier s'est concentré sur l'acte de marcher ; la marche s'est substituée à Helena, elle est son cœur, ses poumons, ses artères, sa mémoire, sa rude grammaire : les pieds lancés en avant, le jour, la nuit, mille, mille et une fois. Loin de toute philosophie, il y aura une dernière page au Livre des Jours pour la raison qu'il y avait eu une première page, un premier jour, une première nuit, un sixième jour…

Parce que c'est, comme ça

Alors, remettre l'objet à sa place et le fixer solidement aux autres. Ne pas tout abandonner. Pas encore, le moment viendra.

D'un côté le ciel, de l'autre l'enfer.
Pieds pendants au bord du lit.
Le pied droit, le pied gauche.

Dans la lutte, le corps s'use.

— Consonnes — Voyelles — Consonnes —

— Silences —

Que tentent les os nus en se débattant, pris comme ils le sont dans les rais d'un verbe qui a perdu son rang de chair ?
Le corps voudrait-il, coûte que coûte, vivre ?
Et Helena, assise sur le lit, les paupières grandes ouvertes, ses pieds battant l'air, que voudrait-elle, elle ?

Un jour pourtant, il faudra en finir. Oui ?

— Silences —

Dans le silence, le claquement d'un volet. Est-ce le vent ? Ou bien, n'est-ce que le bruit des pas de la nuit faisant le guet ? La Nuit n'aura pas déposé ses armes cette nuit encore : ne sait-on jamais ? Si un étranger se présentait !

Attendre.
Faire comme s'il s'agissait d'une attente.
Pourtant, Helena n'attend rien.

Suspendue dans la terreur de l'instant, sa marche s'est figée, comme l'est celle des femmes, des hommes fixés sur les photographies d'archives. Une photographie, un visage, un corps hâve, des os entassés, des dents fossiles, deux, cent, mille, mille et une. Qui, aujourd'hui, pourrait dire n'avoir jamais vu ?

Repartir.

Le bruit des roues est maintenant rassurant. Alors qu'Helena l'avait trouvé tellement inquiétant lorsqu'elle entra dans le village. Maintenant, elle devine : entendant le bruit métallique s'éloigner, chacun peut se rendormir, soulagé de sa peur, chacun pensant à part soi qu'il ne s'était pas agi d'une horde furieuse. Non, ce n'était qu'un réfugié comme tous les autres ! Elle était finalement repartie !

Au fond, avant qu'elle se décide à fuir, n'avait-elle pas eu les mêmes craintes que tous ces gens ne demandant qu'à dormir ? Des craintes pour l'enfant, pour elle.

Haut dans le ciel, une ligne de lumières.
Sixième étage.
Pieds pendants au bord du lit. Le pied droit. Le pied gauche.
La nuit, le jour.
D'un côté le mur, de l'autre le vide.
S'écraser au vide. Tomber du mur.
S'effriter.

Sixième étage.
Maintenir résolument le regard sur la ligne d'ampoules électriques. Garder les paupières grandes ouvertes, surtout, ne pas s'endormir ! Ne pas s'endormir…

Si les yeux pouvaient se fermer !

Au pied d'une pancarte où se dressent des signes incompréhensibles, Helena, son corps qui ne mendie rien, se tasse. Attendre. Le rail du métro. Descente au ventre obscur. Foule en marche. Tous franchissent en se bousculant le portillon magnétique comme s'il n'existait pas. Tandis que dans les tranchées boueuses qu'ont creusées sur la langue les jours, les nuits, des silhouettes en ombres rampent jusqu'à la grille, là, elles sont bloquées. Une grille infranchissable.

— Consonnes — Voyelles — Consonnes — Silences —

Sixième étage.
Rester assise sur le lit, surtout ne pas se lever !
Rester assise… Attendre.

Danse très légère des aiguilles au cadran des heures. Écouter la mécanique du temps bruire doucement, froisser à peine les draps de nuit. Au matin, comme s'il en avait besoin, refaire le lit. Mécaniquement, tirer les draps, les bras, les couvertures, étirer les os, les secouer par la fenêtre, ne pas tout laisser échapper. Sixième-sixième étage. La chute du corps, lourde. L'évanouissement est tout proche.

Helena se souvient du tic tac de la pendule lorsqu'elle faisait une halte ; tic tac que les grincements des roues de la charrette couvraient durant la marche.
La pendule de la cuisine.

Son tic tac en l'accompagnant la rassurait. Pourtant, autrefois au contraire, il lui déplaisait, l'irritait même. Pourquoi, alors, était-elle montée sur un tabouret pour décrocher la pendule du mur ? Pourquoi ce geste pour l'emporter puisqu'elle n'aimait pas cet objet ? La menace des tirs d'obus se rapprochant lui parvenait, l'enfant était déjà dans son couffin, il était urgent de partir ! Quelle avait été sa logique ? Dans ces tout derniers instants passés dans la maison, il y avait ce détail inexplicable qu'elle était revenue sur ses pas à la dernière seconde, précisément pour la pendule.

Si tu devais partir demain, fuir, qu'est-ce que tu emporterais ?

Le Livre de cendre témoigne de l'abandon.

Remonter chaque matin le tic tac au flanc de la charrette.
Le soir, Helena pose sa tête sur la pendule après avoir pris soin de l'enrouler dans des tissus, le tic tac tout proche de l'oreille. Pour que seule une part d'elle-même s'endorme, tandis qu'une seconde part veillera ? Entre ces deux parts, une plaie se creuse jour après jour. Dans cette entaille toujours plus profonde, elle chemine sur la chaussée blanche jamais atteinte par la lumière. Chaque pas l'entame davantage ; s'il devait arriver que les deux pans d'elle-même s'éboulent sur l'intérieur, son courage n'y pourrait plus rien.

Avancer. Le pied droit. Avancer. Le pied gauche. Helena ne pense même pas à s'étonner de sa vaillance. Elle se contente de clore les lèvres sur ses pensées. Elle se défait d'elles le mieux qu'elle peut, l'instinct lui faisant ressentir que toutes pensées sont désormais des ennemies.

Avancer au moins jusqu'au lendemain. Helena n'avait jamais plus réfléchi au lendemain depuis que l'enfant était…
Silence. L'écho du vide ricoche sur le vide, jusqu'au vertige, la limite avant l'évanouissement.

Le bruit des roues tournant sur elles-mêmes.

Fixer des petits triangles multicolores de tissu dans les rayons pour amuser l'enfant, pour qu'il ne pleure pas, pour le distraire de la faim, du froid. Le jour. La nuit.

Pieds pendants au bord du lit.
Lit ?
Souche ? Pierre ? Talus ?

Par la fenêtre des paupières ouvertes : une caravane poudreuse dans sa nudité d'innocence ; jamais tout à fait innocente...
Franchir un col, entendre au loin gronder une nouvelle vague de déflagrations, se préparer à l'explosion.
Entreprendre la descente comme si la guerre se déroulait dans un film, comme si c'était irréel.

Les pleurs de l'enfant... !

Se boucher les oreilles.

L'enfant laissé depuis six jours. Laissé. Depuis six fois six jours. Laissé. Enterré comme il avait été possible de le faire dans un sol où seules les roches poussaient. Il n'y avait pas de pelle dans le chargement de la charrette, Helena n'avait pas prévu qu'un tel objet puisse être utile. Pas de pelle. Une cuiller, les mains, les dents, le désespoir, étaient les seuls outils dont elle avait disposé pour l'odieuse besogne. Des pierres pour recouvrir le corps de l'enfant. 57. Elle les avait comptées. Machinalement.

57. Le nombre de pierres recouvrant le corps de l'enfant.

Il y avait des pages entières du Livre, du temps hors du temps, où Helena avait cessé de dénombrer les jours, cessé de dénombrer les nuits. Au lieu de ça, bien que ses lèvres continuassent machinalement à égrener des nombres, elles s'arrêtaient au chiffre 57. Là, invariablement elles recommençaient à zéro. Impossible d'aller plus loin, plus loin que 57.

57 pierres destinées à empêcher les charognards de se nourrir avec la chair de l'enfant. …

Une, deux, trois… … cinquante-trois, cinquante-quatre… … cinquante-six, cinquante-sept, zéro

Cela avait duré des jours, des nuits, elle ne saura jamais combien. Les pieds ne se lançaient plus en avant. Le pied droit. Le pied gauche. Les jambes s'étaient repliées sur elles-mêmes. Corps recroquevillé. Le dos n'éprouvait pas même le besoin d'être soulagé par l'appui contre une roche.

À cet endroit du monde, il y avait le ciel, d'un bleu glacial, il y avait les sommets et les creux de la terre, des lignes noires. Il y avait les oiseaux tournoyant alentour, leurs cris de bêtes avides furieuses que leur soit refusé le repas à portée de becs. Parfois, Helena lançait une pierre dans leur direction, ce fut les seuls mouvements qu'elle fit durant des jours, des nuits, elle ne saura jamais combien. Des journées englouties dans le néant où Helena avait sombré. Elle n'en connaîtra jamais leur fil exact. Le refus. La plongée dans la folie.

Au point qu'entendant les pleurs de l'enfant, elle cherchait d'où ils venaient, et elle ignorait qui était l'enfant qu'elle entendait pleurer jour et nuit. C'est peut-être de ne plus pouvoir endurer d'entendre les plaintes qui lui déchiraient le cœur, qu'Helena se remit en marche, imaginant qu'ainsi elle leur échapperait.

Le pied droit, douloureux d'être resté trop longtemps sans bouger se lança en avant. Le pied gauche suivit, avec une douleur identique. Les ampoules aux mains, en revanche, avaient eu le temps de n'être plus aussi à vif. Helena empoigna les brancards de la charrette.

Corps courbé à l'attelage.
Le grincement des essieux.

Helena n'avait plus jamais cessé d'entendre les pleurs de l'enfant. Leur écho progressait en même temps qu'elle, il était à l'attendre sur chacun des sommets qu'elle avait à gravir le long des jours, le long des nuits. Et là, comme s'ils sortaient d'un puits, les pleurs montaient du creux des vallées en contrebas où régnait pourtant la tempête du feu des combats, sans que les déflagrations parviennent cependant à couvrir les hoquets qui sortaient du corps de l'enfant, hoquets insoutenables pour sa mère.

Se mettre de la boue dans les oreilles.
Oreilles bouchées, entendre encore les plaintes déchirantes.

Respirer le vent. Continuer, lancer en avant le pied droit. Continuer, lancer en avant le pied gauche. Au prochain village, elle remontera la pendule.
La pendule de la cuisine !

Aussi dérisoire que soit devenu cet objet, se faire le devoir d'en remonter le mécanisme ; pour ne pas perdre plus encore. Que les os conservent la mémoire de quelques gestes anciens afin d'avoir malgré tout quelque chose pour se raccrocher à la vie : cela, d'instinct la main d'Helena en perçoit la nécessité.

La main d'Helena : ce que savent d'elle ses doigts fait horreur à Helena. Dès qu'ils bougent, dès qu'ils frémissent, Helena, assise sur le lit, se remet à compter. Plutôt, en elle, ça se met à compter ! Peut-être son cœur par ces grands battements saccadés ?

À la cinquante-septième pulsation, l'air lui manque tellement qu'elle est contrainte d'ouvrir la bouche, ce contre quoi elle résiste de toutes ses forces en crispant les muscles du visage.

Helena lutte avec Helena.

La grille meurtrit les chairs de la bouche, une douleur qu'Helena attribue à un problème dentaire. Elle n'a pas tort, tout en se trompant sur la nature de la douleur. Un dentiste ne pourrait rien pour elle. Du reste, il est loin le temps des rendez-vous chez le dentiste et le médecin, à tel point que l'idée ne lui viendrait même pas qu'elle pourrait demander à consulter. Comment le ferait-elle ? Une question trop compliquée à résoudre. Il ne lui est déjà pas possible de s'allonger, pas possible de clore les yeux ! Il faudra d'abord réapprendre à accepter ces premiers gestes.

Sixième étage. Nulle part. Il y a cette ligne de lumières dans le ciel. Des chambres comme la sienne ?
Hormis les ampoules des chambres, un ciel sans lune, sans étoiles, vide. D'un vide trop grand, décourageant.

Pieds pendants au bord du gouffre. Le pied droit. Le pied gauche. D'un côté le ciel, de l'autre l'enfer.
Gravir l'enfer, chuter du ciel.
Refuser.
Secouer le bras, en espérant que la main se décroche du poignet. Qu'elle tombe du sixième étage ! Ce serait bien. Helena veut ignorer que suivant cette logique, il faudra ensuite que le bras à son tour se décroche de l'épaule. Puis, l'épaule du tronc, etc.
Le pied droit et le pied gauche auraient-ils donc fait cent, deux cents, mille, mille et une enjambées pour que le corps qu'ils avaient vaillamment porté au fil des jours des nuits soit ainsi démantelé ?

N'aurait-il pas été plus simple de … ?

— Consonnes — Voyelles — Consonnes —

— Silences —

Pas si simple, non.

— Silences — Silences —

Liées par la charrette qu'elles avaient tirée d'un même pas, Helena et l'ombre blanche, après avoir cheminé côte à côte sur la chaussée de cendres, pour finir, devraient-elles être traîtres l'une à l'autre ? Les deux pour un unique corps : trop pesant !
Pieds pendants dans le vide.
Deux pieds droits en un seul ; au fil des jours et des nuits, le premier, rouage d'os, avait piétiné tous les mots qui aujourd'hui manquaient, et le second n'avait plus de chair. Deux pieds gauches.

Leurs deux visages ; celui d'Helena aux traits effondrés, et celui de l'ombre qu'elle est devenue. Deux masques !

D'un côté le mur, de l'autre le ciel avec sa ligne d'abris précaires s'étirant comme une balafre sur la toile froide de la nuit. Sixième étage. Dans l'immeuble d'en face, il y a aussi un sixième étage, Helena en a compté treize. Treize étages avec leurs fenêtres ouvrant sur quel avenir ? Helena ne sait pas. Dans la chambre qui lui a été provisoirement attribuée, elle est assise sur une souche détrempée par la pluie.

Lit ? Souche ? Pierre ? Talus ?

Dans ces bâtiments, il n'y a que des étrangers. Des réfugiés comme elle, des gens qui n'ont plus leurs papiers. Ou bien, s'ils les ont encore, ici leurs papiers ne valent rien. Chacun est arrivé là après avoir traversé le néant. En restant assise sur le lit au fond de la pièce, Helena, malgré elle, veille à ce que personne ne puisse l'apercevoir : elle a appris la méfiance.

Misère pérenne. Le bruit des roues, les grincements des essieux.
Mains serrées aux brancards.
Joues caressées par le vent.

Une caresse

Le mouchoir qu'Helena tient dans son poing serré vient de lui échapper, se serait-elle assoupie quelques instants ?
Quel était ce bruit qu'à bout d'usure elle a perçu comme un véritable fracas ?
La chute d'un objet ? Ou bien le glissement d'un souvenir le long du dos ? Ou encore, une étincelle d'émotion ayant provoqué une décharge douloureuse à la pointe du cœur ?

Un bruit l'aura fait revenir de la torpeur dans laquelle elle sombrait. L'abîme du sommeil, un précipice à éviter à tout prix !

Prendre son élan, tourner sur soi-même, tourner, tourner… Un tour, deux, cent, mille, mille et un. De plus en plus vite, de plus en plus haut. Tourner, tourner. Tomber. D'un côté le ciel, de l'autre l'enfer.

Une caresse

— Consonnes — Voyelles — Consonnes —

Une caresse

— Silences —

Pour s'aider à endurer, obéissant à une force qu'Helena n'est pas parvenue à réduire totalement le corps essaie un sourire. Parce que le corps veut vivre, parce que c'est ainsi : le désir, un sourire, et ce, malgré le bruit des roues, malgré les pieds pendants, bien qu'il y ait le ciel et surtout l'enfer, malgré…, malgré…, malgré tout. Malgré les fenêtres des paupières grandes ouvertes, malgré le repos impossible.

Une caresse

Si seulement les yeux pouvaient se fermer !

Par la fenêtre des paupières, Helena aperçoit un bouquet de fleurs séchées posé à même le sol. Du haut du sixième étage, à même le sol ! Sur la moquette bleu nuit du ciel.

S'il n'y avait pas de pelle dans le chargement de la charrette, en revanche, au moment du départ elle n'avait pu s'empêcher d'empaqueter avec soin un petit vase lui venant de sa grand-mère. Elle avait hésité, mais finalement elle ne s'était pas résolue à le laisser. Elle l'avait déposé au fond du couffin de l'enfant, protégé par ses couvertures. L'enfant était si jeune encore, si petit, il y avait de la place à ses pieds pour le vase fragile.

Si tu devais partir demain, fuir, qu'est-ce que tu emporterais ?

Lorsque Helena s'était relevée d'auprès du monticule de pierres, les 57 pierres entassées sur le corps de l'enfant, après que ses mains eurent empoigné les brancards, avant que l'ombre n'ébranle la charrette, la dernière chose aperçue par Helena, ce fut le petit vase bleu de sa grand-mère. D'un bleu semblable à celui des yeux de la vieille femme. Un bleu qui à cet instant se trouvait être également celui du ciel glacial.

Le vase offrait son calice vide à la face vide du ciel. Helena l'avait vu et n'avait rien pensé de l'image qu'elle laissait ainsi derrière elle : un tertre de pierres surmonté d'un fragile vase bleu…

Qu'aurait-elle pu en penser, alors qu'il fallait repartir, lancer le pied droit en avant, faire suivre ce mouvement du même mouvement cette fois du pied gauche, et ainsi de suite ?

Dans l'obscurité dans laquelle sont maintenant plongés les bâtiments des réfugiés, par la fenêtre des paupières ouvertes : le vase bleu porcelaine sur la moquette bleu nuit du ciel.

Se déchausser. Se reposer.

La main droite s'approche timidement de la grille, comme si les doigts cherchaient la bouche.

L'ombre dévorera-t-elle sa main ?

Helena la déchiquettera. Elle la mettra en pièces. Elle se mutilera en s'arrachant des dents les doigts. Prise de vomissments, elle recrachera les os. Des hoquets de dégoût : le dégoût d'Helena pour Helena.

La bouche cadenassée par la grille, pas un mot ne pourrait passer !

Le masque de l'ombre se reflète sur la vitre. Helena se regarde sans comprendre. Se laisser partir…

Si seulement les choses étaient aussi simples !

Le pied droit. Le pied gauche. Ils balancent dans le vide.

Dans le dos de l'ombre, la charrette brinqueballe. Chaque fois qu'un objet en tombe, l'impact au sol de sa chute fait à Helena l'effet d'un véritable fracas. Elle s'applique tellement au silence !

Quand finalement il arrive qu'il n'y ait plus rien dans la charrette, Helena sursaute encore à l'illusion d'entendre tomber ce qu'elle a perdu dans les jours passés ; tout comme le ruissellement de l'eau de pluie se poursuit bien longtemps après la fin d'un orage, en elle, il en va de même de la résonance du bruit de la chute des objets. L'hallucination sonore prolonge la perte de ses biens.

Chaque nouveau jour, chaque nouvelle nuit, elle continue de perdre chaque chose déjà perdue.

La charrette vide, il reste encore à Helena ses souvenirs. Cependant, cela, qu'elle aurait cru le plus imprenable, en s'obstinant à marcher comme il le fait, le corps l'arrache de lui, se débarrassant de ce qui pèse trop. Lancés en avant, le pied droit, le pied gauche piétinent ce qui fit Helena.
Elle ne pourrait agir contre ce mécanisme de destruction, même si elle en réalisait le mouvement tandis qu'il est à l'œuvre, ce qui n'est pas le cas. Elle découvrira seulement plus tard qu'il s'est produit, lorsque, pieds pendants balançant dans l'air, plus aucun mot ne pourra restituer rien d'elle.

Objets, bribes de souvenirs, pans de mémoire ?
Une boîte vide !
Vide, à ce point vide, qu'on se demande comment il se peut que sur la place déserte, les volets se mettent à claquer et les serrures à se cadenasser.

Se recroqueviller, attendre.

Vouloir ne pas être, ne pas être à ce prix là de l'ignorance du monde, à ce prix là du presque néant dans sa poche.

Laissez-passer en règle ?
Peut-être non ?
Comment savoir ?

Un jour pourtant, il faudra en finir…

Mugissement d'une sirène !
L'école ? L'église ?
Dévaler la colline. D'un côté le mur, de l'autre le vide.
Des coups dans la poitrine : 57 pierres ciselées par la lumière tranchante des paysages glaciaux ! 57 poignards !

L'enfant avait été laissé au sixième jour. Déposé. Laissé. Abandonné. Était-ce dans la passe de l'un des nombreux cols franchis au long du Livre ? Ou bien, avait-ce été dans le creux rocailleux d'un ruisseau au lit asséché ? Depuis qu'Helena est assise sur le bord du lit, paupières ouvertes, son esprit est hanté par cette question sans que les mots qui la formuleraient parviennent à franchir les lèvres. L'interrogation se brise contre la grille en dispersant des éclats minés dans chaque cellule du corps. Au sommet d'un col ? Dans le creux noir d'une vallée ?

La mémoire d'Helena a subi la foudre. Pour la mort de l'enfant, Helena ne sait plus ! Devant cette découverte, elle est foudroyée pour la seconde fois, frappée d'une stupeur horrifiée en constatant qu'un oubli de l'inoubliable est possible.

Les pieds pourront refaire deux, trois, cent, mille, mille et une fois le trajet dans un sens et dans l'autre en battant le vide au bord du lit, Helena ne trouvera jamais une réponse dont elle sera certaine. Elle ne savait plus où elle avait laissé le corps de son enfant ! Elle revoit les reflets de la lune en grandes tiges insaisissables dansant dans le vase bleu du bleu glacial du ciel. Et le ventre, lui, il se souvient par sa peau de la place qu'occupait l'enfant en son creux, puis que cette place fut quittée. Mais il en va pour le ventre comme pour le vase, le souvenir restant en est seulement d'un sentiment de vacuité, c'est une mémoire par l'absence, négative.

Par la fenêtre des paupières ouvertes, l'ombre, mains serrées aux brancards, et la charrette.

Quand elle fut délestée de tout son chargement, la charrette sauta à chaque creux, sur chaque pierre, manquant souvent de se renverser.
Il ne vient pas une seule fois à l'idée d'Helena que la charrette étant devenue inutile, elle pourrait l'abandonner comme elle l'avait fait pour l'enfant quand il fut mort. Non, l'idée ne lui en vient pas.
Et même, elle veille d'autant plus sur elle qu'elle est désormais son unique paquetage. Une valise vide continue de tenir son rôle de valise en donnant à celui qui la porte son statut de voyageur ; la charrette authentifie Helena pour Helena même. Elle sait qu'elle doit lancer le pied droit en avant, et le pied gauche tant qu'elle voit l'ombre cheminer à ses côtés : elle est « Celle tirant une

charrette ». S'il n'y avait plus la charrette à tirer, l'ombre n'aurait plus aucune raison d'avancer sur la chaussée blanche.

Deux roues tournent dans la nuit, leurs grincements jamais ni ne s'approchent ni ne s'éloignent. Ils sont la berceuse rauque que l'ombre croasse à l'oreille de l'enfant mort. En Helena, ses artères battent à se rompre. La berceuse métallique de l'enfant mort. L'enfant nourri des sourires impuissants de sa mère. Mains perdues sur son corps maintenant mort, enterré sous 57 pierres blanchies à la lune.

Tous ces gestes d'amour accomplis, tous ces gestes de mère !

Le grincement des roues, oraison pour l'enfant mort. Laissé. Abandonné. Mort. Laissé au sixième jour. Pour toujours. Laissé. Helena ne sait pas où.

Pieds pendants au bord du lit.
Le pied gauche, le pied droit.
D'un côté la terre, de l'autre une immensité où l'âme de l'enfant mort s'est envolée.

Il y avait eu un jour où l'enfant n'avait plus rien fait d'autre que pleurer. Des nuages sombres planaient sur les moissons. Des hommes pressés battaient l'air de leurs mains devenues presque invisibles à force de faire et refaire le même geste de plus en plus vite, de plus en plus vite.

Tic tac, le bruit des roues.

Les corps cassés des hommes s'immobilisent un instant. Helena sent leurs regards sur l'attelage. Les moissonneurs ne se sont redressés qu'à demi, juste ce qu'il leur faut pour voir d'où vient le bruit ; leurs corps encore tournés vers la terre, et toujours guettant le ciel menaçant. Menaçants.

    Le bruit des roues.
Fracas du cœur se précipitant dans la poitrine.

    Les moissons s'étirent sur des kilomètres d'effroi. Au soir, la pluie, de grosses gouttes lourdes. Sans la fraîcheur. L'enfant n'arrêtait pas de pleurer, de geindre : lui faire un nid de paille brune, l'embraser, l'abandonner !

    Dans les fermes environnantes, hurlements des chiens. Cliquetis de leurs chaînes.
    Lourds anneaux de fer, marche entravée, entrelacs de branches basses aveuglant la nuit.

    La sueur. La peur.
Remonter la pendule, ne pas tout abandonner.
Avancer.

    Le pied droit s'enfonce dans l'épaisseur de neige boueuse. Dégager le pied gauche, lui aussi pris dans la boue. Le lancer en avant à la suite du pied droit. Recommencer. Toute la nuit, s'enliser, se dégager, s'enliser... Au loin, d'un village déserté, sourd le chant a cappella d'une vieille femme que la folie a embrassée.

    Mains serrées aux brancards.

    Il ne reste rien des villages traversés. C'est à peine s'il est possible ici d'imaginer qu'un jour quelque chose a pu exister, que la vie a pu être vivable.

Des silhouettes noires se pressent vers la grille. Dans l'esprit d'Helena, sa langue perdue compose un long convoi de mots culs de jattes, estropiés, décapités ; ils précipitent leurs gueules cassées sur lesquelles plus rien n'est déchiffrable, sentiments mis en bouillie, pour faire s'entrechoquer ce qu'il leur reste de voyelles, consonnes, voyelles, silences.

Sixième étage.

Par la fenêtre des paupières grandes ouvertes, des fumeroles montent de la chaussée blanchie de poussière d'os, il pleut calmement après la tiédeur fade de l'après-midi. Sixième-sixième étage. Voir tout cela de si haut ! La lune fatiguée, le sommeil impossible, les étoiles avec leur écharpe de lumière mise en berne.

Pieds pendants au bord du lit.
Le jour ? La nuit ?

Tendre le bras, regarder la veine en préméditant de la couper.

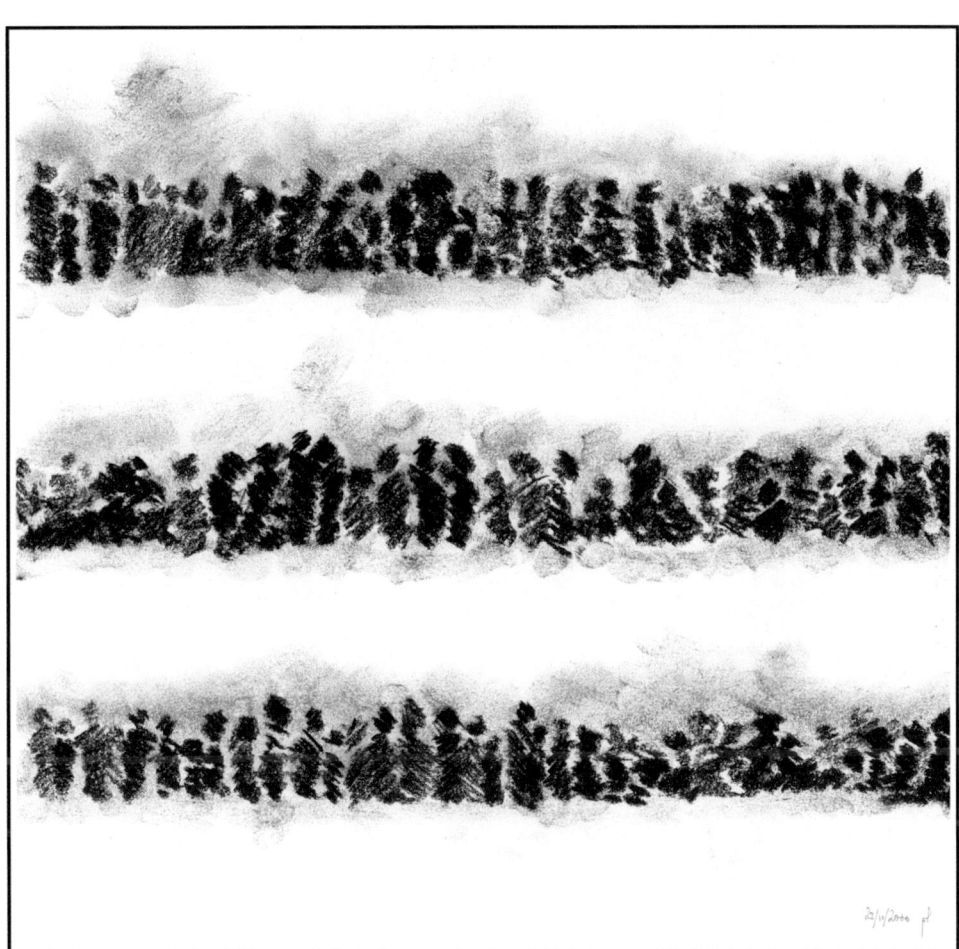

Au cinquième jour, il y avait eu les hommes. Un, deux, trente peut-être… Ils arrivaient d'en face, de plus haut dans les montagnes. Revenus du feu, de la peur, regards fous, ayant perdu jusqu'à la foi en leur dieu pour lequel ils combattaient. Prêts à tout.

Un, deux, trente peut-être… N'avoir pu leur échapper dans la passe étroite où ils l'avaient surprise.

Ils avaient l'un après l'autre violé Helena. À tour de rôle, ils avaient éjaculé leur semence guerrière dans la béance ensanglantée, les fusils appuyés aux rochers.
Avec des cris sauvages, en le tirant par les épaules, par les cuisses, ou les cheveux, ils arrachaient d'elle celui qui y était, chacun pressé de soulager son vit douloureux dans le sexe femelle. La furie irrépressible de la horde croissant avec l'impatience, la violence s'excitant à la violence. Dans son ardeur exacerbée, un soldat empoignait par les hanches le soldat déjà en elle, et, en hurlant, l'homme pénétrait l'homme.

Un, deux, trente peut-être avaient écrasé de leurs poids le ventre, les seins, le visage, à faire éclater les poumons d'Helena, laissant pour mort le corps, pour morte la vie. L'un d'entre eux restant à surveiller le sentier désert. Prenant leur relais dans les tours de guet, ce fut là leur seule discipline, aguerrie par des mois de combats.

Au cinquième jour.
Un, deux, trente peut-être…

Il sembla à Helena que cet enfer ne connaîtrait pas de fin. La nuit définitive.

Soudain, les hommes étaient repartis.

Un, deux, trente peut-être…

Dans la passe étroite, ils avaient abandonné le corps disloqué. Jambe droite. Genou gauche. Coudes déchirés aux roches. Vertèbres brisées. Peau lacérée par les ongles longs des soldats, mutilée par leurs dents énervées. Épaules broyées par leurs mains violentes, os en miettes. Les yeux aveuglés de sperme. La gorge dégorgeant le même lait visqueux que le vagin. Chairs défoncées haut dans le ventre. L'esprit hagard.

Au sol, ses vêtements arrachés.
Dans le lointain, des chiens protégeaient leur troupeau.

Se rassembler, tenter de se lever, de marcher.

Pied droit, pied gauche.
Mains serrées aux brancards, s'appuyer au bruit des roues, leurs miaulements plaintifs.
Essayer de courir. Fuir ce qui venait d'avoir lieu. Fuir bien que ce fût trop tard.

Cela s'était produit le cinquième jour, et eut lieu une seconde fois le jour où pour la cinquième fois, ce fut le cinquième jour…

— *Consonnes* — *Voyelles* — *Consonnes* —

— *Silences* —

Ne plus remonter la pendule. À quoi bon désormais ?

Quelque part, un volet bat, une porte claque. Un avion passe le mur du son. L'odeur de sa soute à bagages, sa passerelle se déployant. Des containers frigorifiques sont chargés sur un cargo. Avec une valise, une charrette, ou seulement un sac de toile, mais une destination d'accueil à tout prix…

Mesdames, Messieurs, s'il vous plaît nous sommes vos frères, vos sœurs !

D'une épaule à l'autre, un effondrement de kilomètres, un continent ravagé.

Laissez-passer en règle ?
Non ?

Comment Helena aurait-elle su une chose pareille quand elle ne voulait tout simplement plus rien savoir d'elle-même ?

Cinquième étage.
Tendre le bras, du regard chercher la veine, la considérer avec l'air de ne penser à rien.
Livre ouvert posé sur les genoux. Le Livre des Jours.
Les pieds pendants au bord…
D'un côté le mur, de l'autre le vide.
Se jeter dans le mur.
Mirador jaune en lisière de forêt.

La grille pourrait-elle céder ? Incertitude maladive ; le corps essaie de s'endormir, Helena veille à ce qu'il n'en soit rien.

Cinquième étage. Par la fenêtre des paupières : au fond du couloir, la porte restée entrouverte d'un placard, vaisselle trempée d'eau de pluie. Répétition lasse du silence frappant goutte à goutte l'émail d'une cuvette au fond de laquelle sont peintes des roses bleues. Comme si elles étaient vraies. Des roses bleues dans un champ de métal.

Pour la cinquième fois vint un cinquième jour. Ce jour-là…

— Consonnes — Voyelles — Consonnes —

— Silences —

Par la fenêtre grande ouverte des paupières : le bruit des roues remontant le couloir, le tic tac d'une pendule, un léger cliquetis de ferraille malgré mille précautions d'emballage.

Si tu devais partir demain, fuir ta maison, qu'est-ce que tu emporterais ?

Helena avait confié l'enfant au velours bleuté des pétales des roses peintes, son petit visage désormais apaisé ressemblait à celui de n'importe quel enfant dormant. Elle avait déposé son corps immobile dans un lit d'émail après quoi elle l'avait recouvert de 57 pierres blanchies de lune. De cela, elle se souvient.
Mais était-ce dans la passe d'un col ? Au creux d'une vallée ? Pendant combien de jours, combien de nuits avait-elle cessé de compter les jours, les nuits ?

Sourire. Tenter de le faire. Au moins cela. Pour supporter la détresse… Sourire si doucement que cela ne se voit pas.
Se sourire à l'intérieur, marcher dans sa tête, tendre le bras, chercher des yeux la veine ; ne pas comprendre comment il est encore possible que du sang coule à l'intérieur d'elle.

Une porte claque, un volet bat. Dans la charrette, il ne reste plus que le Livre en train de s'écrire.

Le B. assemblé avec A., cela fait : BA. En le répétant deux fois, on obtient : BABA. M. A. forme MA. Deux fois MA font…

Helena ne veut plus savoir lire. Il est trop tôt. Trop tard.
Trop tard pour aujourd'hui. Les passagers du métro se hâtent. La foule pressée va tout recouvrir. Les squlettes des mots morts se concentrent vers la grille. Au crépuscule, les ombres insaisissables de la parole glissent sur la chaussée blanche.
Les pieds pendants au bord du lit. Lancer en avant le pied droit, puis le pied gauche. Recommencer. Jusqu'à…
D'un côté le vide, de l'autre aussi.

Tendre les bras, s'envoler. Trancher la veine et partir dans le bruit des roues, leurs essieux rouillés, ne plus compter, le jour, la nuit, le pied droit, le pied gauche. Refermer les bras.

Si seulement les yeux eux aussi pouvaient se fermer !

Cinquième étage.
En bas, bruits confus du marché qui, matinal, s'installe.

La porte d'ascenseur s'ouvre : une charrette s'y engouffre. Cinquième étage, cinquième jour. Pour la cinquième fois, le cinquième jour…

Pleurs d'enfant.

Extrême lourdeur de la porte se refermant sur la cage d'ascenseur. Appuyer sur le bouton. Cinquième étage. Attendre. À cette hauteur-là, l'air se fait rare, il faut économiser sa respiration, clore la bouche. Les silhouettes noires avancent, des mots en grappes pourries.

Quand ce fut pour la cinquième fois le cinquième jour, une passe étroite et rocailleuse...

Respirer, ne pas abandonner.
D'un côté le mur de roche, de l'autre la même paroi granitique.

Par la fenêtre grande ouverte des paupières : Helena s'est blottie contre la roue de la charrette. Le corps cherche un peu de repos dans le souvenir du marché. Chez elle, il s'installait chaque jeudi matin... Chez elle : une petite ville, à peine plus qu'un gros bourg où la paix semblait naturelle, il y a si peu de temps encore. C'était avant que l'alpha, empreinte du pied tourné vers l'inconnu, soit écrit en première ligne sur la première page du Livre des Jours.

Le Livre d'Helena.
Elles sont deux, cent, mille, mille et une Helena.
Il y a deux, cent, mille, mille et un Livres des Jours, et autant de pages. Les mille et une pages du Livre ; les froisser comme autant de mauvais brouillons d'une vilaine histoire.
Helena voudrait se jeter dans la corbeille à papiers. Chute libre du corps jusqu'au fond du ravin.
Vertiges.
La charrette se disloque en rebondissant contre le mur de verre qui sépare Helena des autres ; par la fenêtre grande ouverte des paupières, Helena voit une des roues la dépasser, la seconde sera restée accrochée à une saillie du ravin. Maintenant le corps roule derrière la roue. Ça roule, ça tourne... En bas, le reflet des nuages forme une mer sale : ombre stérile des chemins de ruine.

Elle est toujours assise sur le bord du lit, son visage tuméfié porte sur les lèvres un pauvre sourire fou et les yeux grands ouverts. Par la fenêtre des paupières : entassement de pierres, mobilier calciné encore fumant. Helena sourit sur les décombres.

Lancer le pied droit, lancer le pied gauche. En avant ! En avant ! Tic tac, tic tac, grincement des roues de la charrette. L'ombre blanche s'est creusée, et c'est à peine si ses pieds pèsent sur la chaussée blanche.

Au cinquième-cinquième jour…

Se nicher entre les bras de la charrette et se sentir presque en sécurité sous cet abri de fortune. L'entrecuisse souhaiterait que la main se pose là où les meurtrissures sont cuisantes ; les plaies creusées par les sexes des hommes se sont infectées. Comme si la main pouvait apaiser la honte !
Son affaire, à la main, est celle d'empoigner les brancards de la charrette ; elle s'y emploie de tous ses muscles, les os des doigts se sont soudés au bois des brancards, ils sont désormais un élément parmi les autres constituant la charrette, comme les vis, les écrous, les boulons. Alors, d'où viendrait à la main le réflexe de se poser sur le sexe aux lèvres déchirées ?

Cinquième étage.

En bas, des enfants jouent. Une vitre éclate, leurs rires s'éteignent. Les enfants ont disparu, avalés par la bouche de métro. Toutes les trois minutes, un train s'arrête puis repart en glissant, avec le chuintement des portes et leurs fermetures électriques. Le temps clapote, de sourdes vibrations souterraines rythment les jours. La nuit laisse à nue l'étendue salie de la ville : cicatrices sur le corps de la chaussée cendreuse. La grille dans la bouche contre laquelle les dents se brisent se calcifie. Les silhouettes noires hantent le silence. Débris sur la chaussée. La foule, occupée seulement à marcher, s'enfoncer, traverser, ne s'aperçoit de rien. Ni elle avance ni elle recule. Vus d'en haut, du cinquième-cinquième étage, dans leur mouvance de tapis roulant il n'y a rien qui distingue les hommes des femmes, tous sont identiques.

— Consonnes — Voyelles — Consonnes —

— Silences —

Qu'aurait à leur dire Helena ? Elle ne voit pas. Non, rien. Elle ne voit pas ce qu'elle aurait à leur dire. Des mots ? Non, elle ne voit pas à quoi les mots pourraient lui servir. Non.

Quatrième étage.

Les pieds se balancent, ils parcourent des kilomètres amenant Helena à ne plus savoir sur quoi elle est assise.
Lit ?
Souche ? Pierre ? Talus ?
La seule certitude qu'elle a est celle de n'être pas chez elle, c'est donc qu'elle n'est pas arrivée à la dernière page du Livre. Tout n'a pas encore été écrit, ce n'est pas possible autrement ! Alors : lancer en avant le pied droit puis le pied gauche. Il faut continuer. Continuer tant qu'elle ne sera pas rentrée.

Rentrée ?
Où ?

Durant les jours et les nuits où ils écrivaient le Livre des Jours, traçant avec obstination une empreinte après l'autre sur la page blanche de la chaussée, mécaniquement les pieds allaient de l'avant. Aujourd'hui, au bord du lit, tout aussi mécaniquement, les pieds continuent leurs mouvements.

Parce que c'est, comme ça

Et ils se moquent bien de la direction empruntée par Helena ! Qu'elle se dirige vers le lendemain, ou bien qu'elle leur impose de faire les cent pas sur les pavés des pages du Livre, pour eux le mouvement à effectuer est le même. Leur demande-t-on la relecture en commençant par la fin du Livre des Jours que cela ne change rien, le mécanisme du mouvement est invariable : quel que soit le sens dans lequel les pieds sont orientés, ils se jettent en avant ! Ils demandent seulement qu'Helena les laisse au repos de temps à autre. Le corps crie à Helena sa volonté de se réparer par le sommeil, mais Helena ne sait plus comment s'y prendre avec le corps, toutes ses pensées étant entravées par la grille : la parole ne circule plus entre le corps et Helena, d'autant que la charrette n'est plus là pour faire médiation.

    Remonter le couloir, traverser le désert glacial, fermer une porte, casser un peu de bois.
    Fagots de mémoire illisible à charger sur le dos.
    D'une épaule à l'autre, une grande faille, un éboulement de vertèbres ; la tête prend l'eau par les poumons.
    Les bêlements d'un troupeau fraîchement tondu.
    Le vide-ordures !
    Fracas sonore.
    Dégringolade dans la gorge de béton.
    Bruit des roues dévalant une pente escarpée.

    Au quatrième-quatrième jour, en début d'après-midi Helena fait une halte à l'ombre maigre d'un arbre que la fumée âcre d'un incendie a asphyxié, il n'a plus une feuille. Il est le seul reste de verticalité au milieu d'un champ de ruines, représentant muet de ce qui avait dû être la place d'un village, ville, cité de paix et ses lourds tapis de laine.

    Dans cet abandon s'élève avec une régularité tranquille une litanie récitée par des voix d'enfants couvrant mal le vrombissement des mouches ; comme si c'était les mouches qui leur apprenaient à lire, à compter.
    Voix blanche du chœur d'enfants.
    Combien sont-ils ? Une quinzaine peut-être. Des milliers de mouches pour une quinzaine d'enfants. Au quatrième jour, parce qu'il faut continuer d'apprendre pour pouvoir enterrer ses morts, pour dire sa prière, n'importe laquelle, dire quand même, dire… dire… dire…

Le A. avec le B., quand on les accole cela forme BA. Le M. avec le A. fait : MA. MA, en le répétant, MAMA…

Non !

Un cri s'échappe d'Helena, que les enfants paraissent ne pas entendre. Auparavant, ils avaient à peine prêté attention aux grincements des roues. Leur attitude et leurs regards témoignent de ce qu'ils ont connu ce qu'aucun enfant ne devrait connaître.

Les jambes flageolantes, Helena s'appuie au tronc de l'arbre. De sa main encore accrochée au brancard, elle s'assure par la présence de la charrette, présence de bois et de métal, de sa propre présence puisque pour les enfants il semble qu'Helena n'existe pas.

Peut-être ne voient-ils pas les ombres, ombres eux-mêmes devenus ?

Fermer les yeux. À distance du chœur, joindre sa voix à la litanie récitée par les enfants. Rapprendre les lettres qu'elle avait apprises elle-même avant eux, puis désapprises pas à pas au fil des jours et des nuits.

Les pieds pendants au bord du lit.
Le pied droit, le pied gauche.

Une quinzaine d'enfants assis en cercle à même le sol, seuls absolument, occupés à faire ce qu'ils faisaient la veille, l'avant-veille, ce qu'ils faisaient depuis toujours à cette heure du jour, ce qu'ils faisaient avant que ne s'abatte le nuage de mouches couvrant aujourd'hui de son vrombissement les voix et les prières.

Mains serrées aux brancards.

Une petite fille regarde un petit garçon en souriant de ce qu'il s'est trompé, qu'il a mal appris, tout en lui faisant signe que ce n'est pas grave. Le petit garçon lui répond du même regard, du même sourire.
Sûrement a-t-il fait exprès de se tromper pour l'émerveillement qu'il éprouve au regard de la petite fille se posant sur lui ?
Au milieu du champ de braises, ce sourire entre les deux enfants est un miracle.
Sans réfléchir, le mettre vite à l'abri dans la charrette, le dérober, le voler ! L'emmener avec la pendule. Le dérober pour s'y réchauffer.

Au quatrième-quatrième jour.

— *Voyelles* — *Consonnes* — *Voyelles* —

Les silhouettes noires sur l'allée blanche défilent en une marche silencieuse. Elles s'arrêtent à la grille. Longue file d'épines blessant la gorge.

Tendre le bras, chercher la veine au poignet. Helena regarde battre le pouls sous la peau. Elle est en vie.

La vie

Rien dans le lexique du Livre des jours pour exprimer cela : *La vie* !

Quatrième étage.

Depuis quelques jours, Helena fait plusieurs fois dans la journée la même tentative : elle prend l'ascenseur, descend au rez-de-chaussée pour remonter aussitôt, sans sortir de la cabine. Et c'est à cet instant que le combat s'engage : quand la cage s'arrête à l'étage, il s'agit d'ouvrir le plus vivement possible la porte et de sortir précipitamment de l'ascenseur avec la volonté d'y laisser l'ombre en souhaitant qu'elle étouffe.

Helena, une fois rentrée dans la chambre s'assoit sur le bord du lit : la tentative a échoué, l'ombre est toujours là. Helena le sait aux pieds pendants au bord du lit ; le pied droit, le pied gauche se sont remis à leur marche.

Un bruit !

Le grincement des roues ?

Non, la porte de l'ascenseur…

Guetter son ouverture… l'homme pourrait avoir miraculeusement échappé à la mort ? Et même, peut-être pourrait-il l'avoir retrouvée, qui sait ? À l'insu d'Helena, le corps essaie de redonner du sens à l'attente inerte qu'elle lui impose. Un sens qui ne serait pas la fuite dans la panique, mais le retour sur la pointe des pieds de l'espérance.

Quatrième-quatrième étage.

Parcourir à rebours la chaussée blanche. La grille ne serait plus un obstacle entravant l'avenir, mais une épreuve traversée. Cependant, la distance à couvrir est telle que l'esprit d'Helena résiste. Le corps, lui, veut entendre l'appel de l'instinct ; or, l'instinct crie : en avant ! En avant !

Fracas du cœur brisant le silence…

— *Consonnes* — *Voyelles* — *Consonnes* —

Se souvenir des minutes à compter les pas, à tourner en rond, un… deux et trois…, un… deux et trois…
La valse d'Helena. Un… deux et trois… Un… deux et trois…
Au quatrième-quatrième étage, dans une chambre provisoire, les pieds ne touchent plus le sol. Un… deux et trois…

Helena regarde une mouche posée sur le carreau de la fenêtre. Ce n'est pas une mouche de la mort, elle amène la campagne, ses trèfles à quatre feuilles, ses marguerites d'amour.

Un peu, beaucoup, passionnément, à la folie, pas du tout… Un… deux et trois… Quatrième étage… Quatrième étage… Quatrième étage… Un… deux et trois…

Helena se lève du lit sur lequel elle est assise, et s'empare du tabouret. Maintenant, l'enserrant dans ses bras, elle le presse contre son ventre, contre sa poitrine.

Un… deux et trois…

Des mots désincarnés, silhouettes d'ombre, valsent en hoquetant. Contre la grille, des pensées se tordent les mains.

Un… deux et trois… deux et trois… deux et trois…

Ça tangue, ça tourne...
Vertiges.

Helena, debout au milieu de la pièce, serre si fort le tabouret contre sa poitrine que la douleur la ramène à elle.

Ma poitrine... un, deux et trois... trente hommes peut-être...

Comme si elle l'arrachait d'elle, elle jette le tabouret. Il atterrit exactement au centre de la pièce. Helena se pend des yeux au plafond ; un jour, c'est certain, il faudra en finir.

La mouche est maintenant sur l'ampoule, au-dessus du tabouret gisant renversé au sol. Helena jette le matelas sur le tabouret, ainsi que quelques vêtements reçus à son arrivée ici. Elle empile tout ce qui dans la chambre se trouve déplaçable, se perdant dans le vacarme provoqué par ce déménagement sauvage.

Un volet bat ! Une porte claque !

D'un côté le mur, de l'autre... le mur encore.
Corps muré.
Un froid sourire sur les décombres de ses lèvres révèle son absence.

L'hiver s'installe.
Sixième étage, cinquième étage, quatrième étage, le jour, la nuit.
Quatrième-quatrième étage.
La nuit, le jour, le jour, la nuit.

Lorsqu'était tombée de la charrette la boîte de chaussures où Helena avait déposé après les avoir nouées ensemble des lettres auxquelles elle tenait, l'ombre blanche n'avait pas lâché les brancards pour la ramasser. À quoi bon s'arrêter ?

Dans ces lettres, il était question de l'impatience de leurs corps à être réunis de nouveau, des promenades, des baisers… Elles disaient l'espoir qu'ils avaient tous les deux de se rejoindre, ils se promettaient de voler l'un vers l'autre par-dessus pont, viaduc, mitraille.

Deux coups de feu instantanés.

Bruit sourd des deux corps s'effondrant simultanément, chacun à un bout du pont.

S. +A. = SA.
+ R. = SAR.
+ A. = SARA.
+ J.= SARAJ

S A R A J E…

M. +O. = MO.
+ G. = MOG.
+ A = MOGA.

M O G A D I…

L'alphabet du Livre des Jours est universel ; la même sinistre musique aux mesures hachées de silences et de notes blanches, avec les mêmes soupirs entre les mouvements.

— *Consonnes* — *Voyelles* — *Consonnes* —

— *Silences* —

Quatrième étage, quatrième-quatrième jour.

Jusqu'à la fin ?
Une petite fille regarde un petit garçon qui regarde une petite fille.
Jusqu'à la fin ?
Cérémonie des mouches dans le bleu pur du ciel.

Comment le ciel peut-il rester pur ?

La nuit, le jour, le jour, la nuit. Mille et un jours, mille et une nuits.

Laissez-passer en règle ?

Quelles règles ? Édictées selon quels principes ? Par quel Dieu ? Quel tyran ? Obéissant à quelles volontés ?

Le pied droit, en avant !
Le pied gauche, en avant !

Mains accrochées aux brancards. Helena, la femme, n'existe plus. Le corps d'Helena, minuscule planète martyrisée.

En avant ! En avant !

Le bruit des roues, leurs grincements.
Jusqu'à la fin ?

Le quatrième jour, il avait quand même fallu repartir, abandonner les enfants sous leur auvent de mouches. Les laisser, les abandonner. Parce qu'il n'était pas possible de se charger de leur saleté, de leur détresse, de leurs regards vides. Parce qu'il n'était pas possible d'apprendre leur prière. Il y avait eu le sixième jour, l'enfant mort. Il y avait eu le cinquième jour, les hommes de la passe. Pour cela, il fallait repartir. Se lever, repartir. Glisser entre deux pages du Livre le sourire échangé entre le petit garçon et la petite fille. Le temps passe, tout sera recouvert ; l'invisibilité des ombres. Sixième jour. Cinquième jour. Quatrième jour. Quatrième étage : dans la cage thoracique, les silhouettes décharnées de l'alphabet montent et descendent dans un incessant mouvement de va-et-vient, la parole s'étrangle devant la grille. Les pensées dans leurs aubes de silence, tel un foret, en faisant du surplace travaillent le corps auquel Helena refuse toujours le repos.

La porte de l'ascenseur...
Tendre un bras, chercher une veine. La trouver, la trancher.

Se peut-il qu'une histoire ne trouve pas à se finir ?

Quatrième étage.

Sur la moquette de l'ascenseur, une brûlure de cigarette, un trou bordé de noir du diamètre d'un doigt : s'y enfoncer.

Quatrième étage.

Helena s'absorbe dans la contemplation du compteur électrique ; la roue tourne sans qu'il soit même nécessaire d'allumer l'ampoule.

Il y a quelque chose qui ne s'arrête jamais.

Éteindre les souvenirs, la nuit, ses heures d'insomnie : boîte à chaussures, ascenseur, chambre-boîte…

Pieds pendants au bord du lit.
Le pied droit, le pied gauche.
D'un côté le vide, de l'autre le mur.
S'attacher au fil électrique, attendre.
Le jour, la nuit.

Par la fenêtre des paupières ouvertes : l'ombre s'aperçoit dans le carreau. L'irréelle Helena. Un instant, les lèvres se souviennent des baisers reçus, de ceux donnés. Un instant, les os, la peau et la bouche se souviennent ; pour les os ils se souviennent des os auxquels ils se nouaient, la peau se souvient de la peau à laquelle elle se soudait, la bouche se souvient de la bouche…

— *Consonnes* — *Voyelles* — *Consonnes* —

— *Balbutiements* —

Les souliers du samedi soir, rangés dans leur boîte le reste de la semaine.
Il y eut un dernier samedi soir (ce n'était pas un samedi, mais un mardi).

Un homme. Une Femme.

Ils s'appellent du regard, leurs bouches sont impatientes l'une de l'autre. La distance qui les sépare — lui et elle — n'est plus que celle de la longueur du pont ; quelques enjambées à faire pour se rejoindre…

Deux coups de feu.
Leurs deux corps s'écroulèrent en même temps.

Cette histoire n'est pas exactement celle d'Helena, mais elle est celle d'une sœur, d'un frère, d'une amie d'enfance, d'un voisin de quartier. C'est en l'apprenant qu'Helena s'était enfin convaincue qu'elle devait partir avec l'enfant.

Elle avait emporté la boîte à chaussures de ses samedis soirs. Ses souliers qu'au moment du départ elle n'avait déjà plus remis depuis seize mois et dix-neuf jours. Elle les avait rangés dans un placard par réflexe, pour ne pas les laisser à l'abandon dans le couloir. À leur place, dans la boîte elle avait déposé ses lettres précieuses.

Si tu devais partir demain, fuir ta maison, qu'est-ce que tu emporterais ?

La boîte et les lettres s'étaient perdues en route. L'ombre n'avait pas stoppé sa marche, les mains ne s'étaient pas desserrées de sur les brancards. En avant, le pied droit ! En avant, le pied gauche !

Elle était arrivée ici dans cette chambre du quatrième étage ; une chambre provisoire dans laquelle elle est seule pour l'instant.

De nombreux réfugiés devaient prendre l'avion hier ; de sa fenêtre, elle les a vus monter dans des autocars qui sont partis tous ensemble en formant un convoi.

Au plafond, l'ampoule diffuse une lumière fade.

La porte de l'ascenseur, lourde, terrible.
La cage de fer monte, descend, remonte, redescend…

Troisième étage.

Fracas d'une chaise tirée violemment ainsi que celui de meubles renversés. Une course précipitée dans le couloir. Une porte claque. Quelques secondes plus tard, nouveau claquement de porte. Allées et venues nocturnes.

Après, ce fut le silence.

Cette nuit-là, le roman qu'Helena était en train de lire resta en cours, et la page où reprendre la lecture ne fut pas marquée.

Une heure, un jour, un mois, seize mois dix-neuf jours.
À ce compte, il faut ajouter les jours et les nuits du Livre des Jours. Mille, mille et une nuits.

— *Consonnes* — *Voyelles* — *Consonnes* —

— *Silences* —

Troisième étage.
Le jour, la nuit.

Parfois, il semble que les mots anciens ont fini par renoncer, il ne reste pas l'ombre d'une silhouette noire à hanter les salles vides de la gorge. Dans ces moments, plus aucun mouvement de la pensée ne vient battre contre la grille.
Helena assise sur le bord du lit, les pieds ne battent plus l'air, et par la fenêtre grande ouverte des paupières : rien. D'arbres abattus, il ne subsiste pas la moindre racine. Volatilisation idéale d'Helena.
Corps et pensée se rejoignent dans leur dissolution. Les atomes pour la première fois depuis longtemps peuvent alors

circuler entre le rien et le rien sans être entravés ; une certaine forme de vie se reconstitue.

Il faudra tout reprendre à zéro...?

À son insu, quelque chose s'envisage en Helena.
Le chemin sera long.

En attendant, tendre le bras. De la main, attraper une à une ces ampoules alignées en rang par étages, pour jongler avec elles. Dans les intérieurs, tout se met à trembler, à bouger, les Livres des Jours tombent des étagères, leurs pages se dispersent en bousculant les chronologies, en éparpillant les paragraphes qui, ainsi fragmentés, ne sont plus que des éclairs zébrant le ciel devant la fenêtre ouverte des paupières.

Des voix brutales ! Intimidations derrière la porte verrouillée.
Ouvrir l'armoire à pharmacie, hésiter... Non ! Penser à l'enfant. Il est trop tôt. Trop tard.

Nouveaux coups de pieds contre la porte.

Si tu devais partir demain, fuir précipitamment, qu'est-ce que tu emporterais ?

Pieds pendants au bord du lit, savoir maintenant que cela n'a pas une réelle importance, car tout sera perdu ; ce qui aura été emporté comme ce qui aura été laissé.

Troisième étage.

Troisième-troisième étage.

Le pied droit, le pied gauche sont lancés en avant, pourtant la nuit n'avance pas. Des convois traversent une plaine. En contrebas de la voie ferrée, un chemin creux bordé de chênes. La charrette, les grincements de ses essieux. Il pleut depuis des jours, la boue gicle au passage des roues qui jamais ni ne s'approchent ni ne s'éloignent. Nulle part. Ombres mornes des arbres, las de porter la torture en bout de branche. Hurlements dans la nuit. Se boucher les oreilles, ne pas lever les yeux.

Troisième jour.

L'ancien champ de foire. Là où l'agitation humaine était perpétuellement à son paroxysme, il règne maintenant un silence inimaginable. Des femmes, des hommes. Tous ont pour unique vêtement leur nudité. Ils sont assis, chacun faisant face à un autre dans la même situation, mais chacun dépouillé de lui-même, ils sont tous infiniment séparés les uns des autres. Entre eux, des planches ont été déposées sur des tréteaux. Table en bois, bancs en bois, une forêt entière. Des dos penchés, des épaules rentrées, des reins sans sexe, n'étant plus ni homme ni femme. Sur la table, long ruban s'étirant sur des kilomètres, des piles de livres, hautes cheminées crachant l'histoire de l'humanité. Entre chaque pile, un pot de peinture blanche : les ombres humaines ont reçu l'ordre d'en recouvrir chaque ligne de chaque livre.
De ce qui fut pensée, connaissance, progrès, ils doivent effacer toutes traces. Tout doit être recouvert, tout sera anéanti.

Troisième-troisième nuit.

Porte frappée, cognée, défoncée.
Des mains rudes s'abattent sur l'homme, l'arrachent de son domicile. Un mardi dans la nuit. Helena ne le reverra plus. L'enfant n'a plus de père.

Des portières claquent.

Hurlements dans les décombres.
Ensuite, le corps sur lequel les ombres ont ordre d'opérer est jeté sur la table à blanchir. La verge est coupée, lancée aux chiens affamés qui hurlent, furieux d'attendre. Ils en redemandent ; tant qu'il reste un bout de chair, ils ne se calment pas. Les chiens savent que pour finir ils auront les os.
Eux, elles, les ombres : silence de mort dans leurs regards agrandis par l'effroi.

Plus tard, une ligne blanche tachée de rouge se balance à un chêne millénaire.
Les jambes d'un pantalon flottent au vent.
Surtout, ne pas lever les yeux, mains serrées aux brancards.

Troisième étage. Tendre le bras, chercher la veine, ne pas la trouver. Couper le son, éteindre la télé. Voyage à perpétuité à tourner aux cercles de l'enfer.

Troisième-troisième étage.

Tic tac, tic tac, le grincement des roues. Dans la poussière accumulée sur les plinthes des murs et déposée sur l'interrupteur, dans le silence du couloir, dans le froid nu de la pièce vide, ne plus compter les jours. Le temps passe, il va tout recouvrir.
La foule se presse dans le métro. Un contrôleur. Chaque passager présente son titre de transport. Consonnes, voyelles, consonnes tendent leurs os à travers la grille, comme si les lettres mendiaient à Helena qu'elle fît un effort, qu'elle desserre l'étau, qu'elle leur permît d'essayer d'expliquer.

Laissez-passer en règle ?
Non ?

Les os derrière la grille tentent de se redresser, de se ressouder, ils s'essaient à des assemblages dans des efforts visiblement infructueux ; comment dire que l'on ne sait pas du droit ou de la faute ? Tendre la main au contrôleur ? Comment savoir le geste à faire ou à ne pas faire ? Comment savoir, puisque la main tendue si elle est vide ne vaut d'évidence rien ? Le prix du corps. Quel est le prix pour prendre sa place, pour la gagner, pour la mériter ? Être ou non à sa place ? De droit, clandestinement ? Comment savoir ? Mains serrées aux brancards.

Laissez-passer en règle ? Non ?

Ce que l'on a laissé, et ce que l'on a perdu, et ce que l'on a abandonné.
Le sixième-sixième jour…
Il y eut le cinquième jour, puis le quatrième jour, le troisième. Compter à l'envers, pour aller moins loin : moins loin dans l'horreur.

Troisième étage.

Pieds pendants au bord du lit.
Le pied droit, le pied gauche.
En avant !
En avant !

Faire le ménage, se débarrasser de tout ce qui n'est pas indispensable, de tout ce qui n'est plus absolument important. La politique de la terre brûlée. La charrette est si lourde à tirer pour gravir cols, montagnes, cimes escarpées que les mains saignent aux brancards. Jeter par-dessus bord, se désencombrer, mettre la mémoire en jachère. Il y poussera des roses de Noël, des immortelles qui n'auront besoin ni de vase ni d'eau, des pendules sans aiguilles. La charrette sera un fabuleux char de carnaval avec sa reine de l'électricité. Un étranger qui passera par là en sera ébloui. Il restera, se fixera au pays, bâtira de ses mains la maison où naîtra chacun de ses enfants, une tribu entière.

Deuxième étage.

Helena regarde des papiers voler sur la place. Elle écoute souffler le vent ; des portes battent, des volets grincent.
Boucher toutes les aérations, se protéger.

Une course dans l'escalier !
Ce ne sont que des enfants… Aucun danger. Respirer.

Deuxième-deuxième étage.

Une fois que les hommes eurent saccagé l'appartement à la recherche de ce qu'ils ne trouvèrent pas, après qu'ils eurent emmené le père de l'enfant, un silence terrible s'abattit sur l'immeuble. Dans ce silence, littéralement un silence de mort, Helena avait eu l'impression d'entendre l'écho de hurlements ; elle savait le sort qui était réservé à ceux qui étaient emmenés ainsi en pleine nuit : il était inutile d'espérer pour eux un quelconque retour. La connaissance de cette vérité ne contraint pas pour autant l'esprit à accepter une évidence si cruelle à admettre. Il avait donc fallu du temps à Helena pour qu'elle réalise pleinement ce qui venait de se passer. Ce fut durant ce temps que des mots par paquets commencèrent à se briser dans sa gorge, leurs os plantés comme des arêtes dans le larynx.

Deuxième jour.

Elle était allée dans la salle de bain avec l'intention de se passer de l'eau sur le visage. Au dernier moment, ne pas pouvoir toucher son corps, ne pas supporter l'idée de l'eau sur la peau, sur la bouche, les yeux. Couper le robinet. Se laisser glisser contre le mur n'ayant plus rien à espérer. Se demander pour les voisins : s'ils ont entendu, s'ils savent ? Se souvenir que dans la maison d'à côté, il n'y a plus personne, et dans celle d'en face, les gens sont très âgés, leurs deux fils ont été emmenés eux aussi, il y a quelques mois. Pour finir, ne plus rien se demander.

Partir.
Puis, marcher.

Le bruit des roues, leurs grincements métalliques.

Il neige des cendres sur la chaussée, une blancheur d'écume à perte de vue. Au bout, la mer avec ses arbres aquatiques. Helena ne distingue plus le réel du mirage. Quand la marée monte, tout devient facile ; il suffit de se laisser porter, de plonger la main dans la charrette pour se saisir des poissons qu'elle y dépose. En revanche, quand la mer se retire, elle met à découvert des champs d'ossements où autant d'alphabets qu'il y a de cadavres errent avec gravité, un bouquet de phrases délavées à la main ; consonnes, Voyelles, Consonnes ont perdu leur couleur. On les voit s'agenouiller un instant puis s'évanouir au travers d'une grille.

Deuxième-deuxième jour.

Pieds pendants au bord du lit.
Le pied droit, le pied gauche.

Se contraindre à se déshabiller, ne serait-ce qu'ôter le chandail pour commencer. Le plier soigneusement sur la chaise.

D'un côté, le mur. De l'autre, le vide.
Se cogner au vide, tomber dans le mur.

La nuit, le jour.

Ouvrir le lit. Que ce fut même seulement pour avoir à le refaire au matin ; réapprendre des gestes simples. De ces gestes d'autrefois, quand il était encore possible de décider de se coucher ou de veiller, quand il était encore possible de penser : demain.

La porte de l'ascenseur !

Surtout, ne pas la guetter, s'interdire cela.

Soudain, les hurlements d'une sirène !

Ce ne sont que les pompiers…

Espérer que les flammes se propageront à tout l'immeuble, savoir que cela n'est pas juste, le souhaiter quand même.

Deuxième étage, tout est trop dur. La main est si loin, là-bas, en bout de bras… elle parle dans le vide.

— *Consonnes* — *Voyelles* — *Consonnes* —

Du moins, les os ne désarment pas : en avant !
En avant !

Le devoir de continuer, mains serrées aux brancards.

Au passage à niveau, s'arrêter, attendre. Des visages passent qu'Helena ne retiendra pas ; ces gens vont ailleurs, autrement.

La barrière se relève : fracas du vide laissé par le passage du train. Un vide dense dans lequel il est tentant de s'enfoncer.

Deuxième-deuxième sixième jour.

La nuit est tombée.

Une file d'attente, un embouteillage de charrettes. Personne ne se comprend. Chacun est épuisé d'avoir gravi cols, montagnes, passes étroites. Tous ont perdu ce qu'ils avaient, tous ont dû laisser et abandonner en cours de route. Mains serrées aux brancards. Chacun est épuisé d'avoir survécu. Faire vite pour espérer trouver un refuge, au moins pour la nuit.

Les réfugiés sont réunis dans un gymnase. Sur les murs : listes placardées des disparus.

Deuxième étage.

— *Consonnes* — *Voyelles* — *Consonnes* —

C'est fini…

Deux mots sont parvenus à franchir la grille ! Helena les répète.

C'est fini…

Elle ne sait pas de quoi il s'agit précisément ; sans doute, quelque chose s'est achevé dans la nuit. Quoi ? Elle ne sait pas.

Deuxième-deuxième étage.

Ouvrir la fenêtre. La mer arrive à Helena, avec son odeur, ses grondements. La marée monte, descend, monte de nouveau puis redescend… Mouvement perpétuel. Et cela, depuis le commencement. Bien avant le premier jour. Bien avant le premier-premier jour d'Helena, quelque chose existait déjà.

La nuit. Le jour.

Les pieds pendants au bord de la falaise.
Le pied droit, le pied gauche.

Il y avait eu le premier jour, la première nuit. Il y avait eu le premier-premier jour, la première-première nuit. C'était si lourd ! Qu'en faire ? Tendre le bras, le replier, recommencer. Helena constate que c'est possible, mais pour accomplir jour après jour ce lent travail du corps, il faudra du temps.

Un nom sur la porte ?

— *Consonnes* — *Voyelles* — *Consonnes* —

H. E. L. E. N. A.

Une lucarne ouverte sur le ciel : s'y faufiler et partir le long de la Voie lactée. Elle est si pavée d'étoiles que les pieds s'y brûlent, la marche en devient comique de maladresse. Une grille : les rayons de la lune. Croire s'en être approché, vouloir s'y reposer et sentir que non : il reste encore beaucoup de chemin à parcourir, des années lumières.

Premier étage.

Des roses trémières ont poussé devant la fenêtre, on dirait qu'elles ne s'arrêtent jamais de grandir, un centimètre après l'autre : chaque mois, une marque sur le mur ; ceci dès le premier jour.

Un nom sur la porte ?

Quelle porte ?
Quel nom ?

Sur la place, des guirlandes sont tendues d'arbre en arbre.

Sortir, se mêler à la foule, emboîter le pas des longues silhouettes noires, les embrasser sur la bouche, les embrasser toutes. Une fête, un bal, parce que malgré tout il doit bien y avoir quelque chose à souhaiter, à espérer, à inventer.

Les consonnes, les voyelles, les consonnes bleues, blanches, rouges.

Dans le bâtiment d'en face, des visages d'étrangers se collent aux carreaux, ils sont arrivés hier. Il y eut soudain un fracas terrible : il a suffi d'un instant et la place s'est couverte de charrettes, comme s'il en neigeait. Elles étaient aussi transparentes que des flocons fondant en touchant le sol. Seulement les mains, serrées aux brancards.

Ils ont passé là leur première-première nouvelle nuit.

Un visage collé aux grillages. Deux visages. Cent visages. Mille, mille et un visages. Les faces écrasées contre les grillages forment une affiche géante. Leurs yeux dans les yeux de la cité, leurs yeux dans les yeux du monde.

Vite !

Vite ! Il faut rebâtir la vie sur les décombres. Une pierre après l'autre sans compter.

Pieds pendants en bord de falaise.
Le pied droit, le pied gauche.

Contempler l'océan. Il monte, descend, remonte en un mouvement perpétuel.

Un sourire séché s'échappe d'entre les pages d'un livre sali. Il y avait eu le quatrième jour, la sixième nuit, le troisième jour pour la cinquième fois ; ne plus vouloir savoir avec précision.

Et si demain, il fallait partir, fuir sa maison, qu'emporter ?

Plonger la main dans sa poche, en retirer un galet blanc, rond, lissé par tant et tant de marées. Des jours, des nuits. Mille, mille et une nuits.
Fermer les yeux, tendre le bras, ouvrir la main. Écouter le fracas du silence prolongeant la chute du galet le long des millénaires. Le temps s'ouvre, le galet s'y écrase au fond.
Rouvrir les yeux, constater que c'est encore possible, se relever, marcher.
Marcher.
Le pied droit, le pied gauche, jusqu'à la fin. La nuit, le jour.
Marcher.
Le pied droit, le pied gauche, le pied droit, le pied gauche.

En avant, les pieds !
En avant !

E.N. A.V.A.N.T !

Imprimé en Allemagne par Books on Demand Gmbh, à Norderstedt
Dépôt légal : février 2012
ISBN 978-2-8106-2401